눈꽃 속에 님의 음성

눈꽃
속에
님의 음성

권혁선 시집

문학秀출판

삶이란 그리움, 기쁨, 슬픔
삼박자 언제나 정비례
허기진 세상을 바라봅니다
채우지 못함에

먼 들녘에 홀로 서 있을 때
뽀얗게 보이는 그림자
쫓아서 따라가 봅니다

가다가 가다가 지쳐있는
나를 봅니다
눈꽃이 펄펄 날립니다
온종일 눈꽃 속에
나를 던져 봅니다

선희야 힘내라
천국의 소망이 있잖아
또렷이 들리기에 님들과
함께 공유하고 싶습니다
사랑합니다 고맙습니다.

이 글을 내기까지 고마우신
친구 이연순 시인과 카타리나 선생님께 감사드립니다.

2022 봄날에
권혁선

2부 / 바보처럼 살아갑시다

3부 / 오월의 마지막 비

4부 / 무등 숲을 지나며

5부 / 안개 속에 피어나리

제1부

애기주먹 알밤에 홀리다

저무는 가을바람 한들한들
우릴 유혹하네
파란 하늘 우윳빛 구름도
우릴 유혹하네

5월의 바라산

백운호수 정기로
흠뻑 취한 바라산 봄 길
우리도 함께 취하고 싶다

참을 수 없는 유혹
꽃 빛에 빠져든다

봄빛의 색깔 마주할 때
한없이 행복하고 달콤했다

산천이 떠나가라
하하 호호 웃으며

이순에 만난 동심들
우리 철들지 말기를
우정 변치 말기를

바라산 중턱에서
다짐해본다

언덕 위의 오막집 샛별을 떠나며

불혹의 나이에 이곳에
마음과 몸을 쉬게 한곳
왜 그리 정겹고 좋은 샛별
타향을 떠돌다 머물게 한 이곳

삼십 년 함께한 이곳
내 꿈이 서린 이곳
내 슬픔 위로해 준 이곳
내 기쁨에 함께 즐거워
해주던 오막집 샛별

고희를 넘기며 이제야
초원의 집으로 떠날 때
왜 이 마음 흔들리나

언덕 위 오막집 샛별아
고마워 사랑해
너를 잊지 못할거야
언제나 반짝반짝
빛나거라 이곳에 오시는 이에게도

좋은 꿈 심어 주렴
오막집 샛별아 안녕!!!

서귀포에서

찰싹찰싹 파도는 노래한다
수평선 위로 하얀 솜털 구름이
뭉게뭉게 피어오르네

끝이 보이지 않는 수평선
누가 살까
내 하나의 사랑이 살고 있을까

아득한 서귀포 칠십 리
황홀한 저 푸른 파도야
하얗게 부서지는 물거품
하늘로 치솟네

한눈에 담아본 서귀포
아득히 오고 가는 저 돛단배
수많은 사연 담아
오고 가는구나

위대한 자연의 일출봉
제주 큰 유산 주상절리

아! 거대한 자연 앞에
숙연해진다.

도깨비에 홀리다

옛날 옛적 어린 시절
동네방네 어르신들
도깨비불 보았다고
도깨비에게 홀렸다고
수군수군

둔벙산 모퉁이에
도깨비 산다고
도깨비집 있다고
우리 옆집 순희 아버지
밤새 도깨비 쫓아다니다 새벽녘에
집에 오셨다네.

정말 도깨비가 있는 걸까?
아직도 아리송해
어린 시절 내 고향
둔벙산에 우린 무서워
가지 못하고
바라만 보았다

이순이 넘은 지금
그 도깨비가 보고 싶다
아련한 추억의 향수야
너를 붙잡고 울고 싶다
그 고향 어머님 아버님
모두가 그리워진다
한낮 꿈인 것을.

수제비

어릴 적 나 살던 두메산골 강당말
불러도 정겨운 금잔디
저녁 준비에 바쁘신 엄마
감자 넣고 뚜덕뚜덕 수제비
솥 끓이시네

모닥불 피우시는 아버지
마당에 멍석 깔고
두레 반상에 옹기종기
둘러앉아 우리 형제 수제비 먹네
너무 맛있어 누가 오는 줄 모르네

멍멍 강아지 꼬리 치며
애교 부리네
수제비가 먹고 싶나 보다
꼬꼬닭 저녁 인사 꼬꼬댁

엄마는 우리 형제 먹는 것만 보아도
배부르시다

내가 엄마 되고 보니
엄마 마음 알았네
아! 그리운 엄마 형제여
나의 옛날의 금잔디여.

그리운 8월의 산야

가을 향기 솔솔 부는 고심사
뽀얀 운무가 고요히
피어오르네
온 산야를 깨우는
목탁 소리 정겨워라

수목들은 우거진 산야
가을 준비로 바쁘구나
산새도 날다람쥐도
덩달아 바쁘네

뻐꾹새 구성진 울음소린
내 마음 아는가 보다
내 꿈이 서려 있는 이곳
내 유년의 그리움이
담아져 있는 이곳

아! 엄마 품 같은 고향
고심사의 옛터여
잊지 못할 그 어느 8월
아침은 밝아오는구나.

꽃신

어릴 적 그 귀한 나의 꽃신
신고 다니기도 아까워라
보릿고개 시절이라 더욱 귀한 꽃신
너무 오래 신다 보니
꽃신 코가 찢어졌네
엄마가 실로 꿰매 주셔서
또 신고 다녔다

더 이상 못 신게 된 꽃신
엿장수에게 엿과
바꾸어 먹기로 했다
엿은 먹고 싶지만

너무 서운하고 꽃신이 아까워서
한동안 찢어진 꽃신을
가슴에 꼬옥 품고
난 그만 울고 말았다
그 가난한 시절
그리운 엄마 아버지 내 형제여
모두 떠나간 추억의 한 페이지
떠올려 본다

단양 여행길

코로나로 숨 막힘 훨훨 벗어나고파
이순에 만난 귀한 동심들
단양행에 오른다

자유여 우리에게 오라 외치며
환희에 들뜬 마음
단양 강물에 마음 씻고
소백산 높은 스카이워크에 오른다
금방 구름 위로 오를 듯이
신기함 아찔함 힐링 받으며

높음에 우람한 소백산
단양의 자존심이네
숲에는 매미네 가족
음악회 열었나 보다

단도 길가 얘기 장미
우릴 보고 웃고 있네
그 옆 화초 양귀비
도도히 오색 빛내며 피어오르네

무지개 터널 이끼 터널
이곳의 문화구나

오는 길 지인에게 과분한 대접을 받고
충청도 양반의 그 행실
우린 존경심도 배우고

그래도 살만한 세상을 느끼며
돌아오는 마음
기쁨의 바구니 꼬옥 쥐고 다음을 기약한다.

정든 님들

세월은 오늘도 바람 속에 날아가네
8월의 태양은 온대지
뜨겁게 물들이네
계절은 항상 변하는데
내 그리움은 변하질 않네

아득히 보이지 않는 내 정든 님들
잊어볼까 눈감으면 아련히 또 떠오르네
못 잊을 정든 님이여

무지개 피어나는 실개천에
나가볼까?
꽃구름 피어오르는
내 고향 동산으로
나가볼까?

물소리 새소리 쫓아
따라나설까
보이지 않는 저 에덴동산으로
찾아 나설까
내 그리움에 끝자락은 보이질 않네.

대야미 산자락에서

칠월의 수목 향 가득한
대야미 산자락
고요한 아침 산야가
우릴 반겨 주네
운무가 모락모락 피어오르네

뭉게구름 솜사탕 되어
수목 향을 안고 오르네
아침 햇살 오색 구름다리 만들고

점박이 나리꽃 능소화
들꽃이 익어가는
칠월을 박수 치네
이름 모를 산새들
아침 교향곡 연주하네

이순에 만난 소중한 우리
무지개 난간에
우정 꽁꽁 엮어놓고
변치 말자고 얼굴
마주 보고 웃네.

7월의 만남

청 푸름이 익어가고
산새도 수목도 내 세상 만났다고 소곤소곤
칠월의 대공원 둘레길
고희 넘긴 세 여인
반가움에 기쁨으로 웃네
하하 호호 웃네
옆에 점박이 나리꽃
망초꽃도 덩달아 웃네

그 옆 까치 산새가
우릴 부러운가 보다
수목도 초록도 우릴 응원하네

둘레길 걸으며 못다 한
이야기들 쏟아부으며
열 살배기 소녀 되어
눈부신 하늘가
뭉게구름 타고
유년 시절 추억의 텃밭으로

양지울 뒷산 고심사
삼성교 덕다리 저수지
진달래 산딸기 따 먹던
그리운 고향 뒷산아!!

대공원 둘레길이
미로의 길 되어 우리
마음을 묶어 놓았네.

잊지 못할 고향

문득 떠오르는 향수
그리움 날개 펴고 훨훨
고향 들녘으로 날아간다

꿈속에 찾아 헤매던
나 살던 엄마 집

음매 음매 송아지 찾는 어미 소
소 몰고 밭 가는 농부들
모든 게 정겹다

그리움은 그대론데
고향 정든 이는 변하고

앞 개천 버들피리
나눠 불던 옛친구야
저 들 밭 밀보리
무르익을 때
밀 청태 구워 먹던
그 친구 숙자야 정자야

보고 싶다

그리운 그물망 성미
개울가에 던져본다.

유월의 끝자락

청 푸른 수목이 꿈을 이루고
의연히 풀 향기
흠뻑 마시며
가는 유월 아쉬워
비는 저리 내리는데

풀꽃 줄기 달아 엮어서
줄 타며 피어나는 능소화
빗물에 세수하는
그 자태 너무 예쁘다
떠난 님 오시기 기다리며
청초히 살랑살랑 눈웃음치네

유월을 보내며
칠월은 제 세상이라고
마음껏 희열로 피어나네.

그리움

초목은 오늘도 푸른 날개 펴고
오가는 행인의 눈
맑게 해주네
이 마음 그리움
언제 개이려나

흐르는 냇물엔
조그만 꿈 바구니
떠내려오네
추억의 꽃잎
한들한들 춤추네
나도 같이 춤추네

그리움을 냇물에
담아본다
푸른 싹이 피어나네
아! 살만한 세상이네

그리움아
내 품에 안기려무나

오늘

오늘을 활짝 열어본다
밖에는 6월의 비가
잔잔히 내린다
동산 숲 가지마다
진초록 수목들 뽐내고

까치네 참새네
오늘 주인공은 저희 들이라고
인사하기 바쁘네

주어진 이 삶 감사해야지
기쁨의 바구니 엮어가면서

비야 내 마음 씻기지 않게
그만 내려라
초여름 재촉하는 오늘
저 들녘 논밭에는
모내기 초목들이
빗물에 샤워하며

너무나 좋아하네

오늘도 살만한 하루구나.

대공원 숲속 저수지 오르다

대공원 저 높은 숲에
저수지 있다기에.
동심의 친구 분희와 나는
신기함 호기심을 안고
파랑새 찾아 나서듯이
숲속 길 나서본다

짙은 유월의 실록
산소 흠뻑 마시며
지저귀는 산새들 하소연 들어주며
기쁨 희열에 발걸음 사뿐사뿐

우거진 가지에 빼곡히
고개를 내민 까치네도
우릴 첫 손님 맞이하듯
유난히 깍깍이네

청계산 봉우리 삼면으로 둘러싸인 저수지
와! 금방 선녀들이 내려올 것 같네
속세와 구별된 외진 숲속에

고요히 도도히 하늘과 맞닿은
이 절경 예술이다
저 거장 이백 두보
시가 줄줄이 흐르는 이곳
내 영혼 고이 씻고 싶다

분희와 난 산수를 즐기며
미로의 길가에 주저앉아
노래를 불러본다

애기주먹 알밤에 홀리다

저무는 가을바람 한들한들
우릴 유혹하네
파란 하늘 우윳빛 구름도
우릴 유혹하네

오늘도 분희와 나는
모락산 알밤나무 찾아 헤맨다
옛날 어르신들 도깨비에
홀렸다는 말은 들었지만
알밤에 홀린 말은 못 들었네
아마도 나랑 분희는
알밤에 홀렸나 보다

고희 넘긴 초등 친구 우린
지팡이 거머쥐고
모락산 바라산 자락을 헤맨다
애기주먹 알밤에 홀리어

노을빛 가을 산자락엔
애기주먹 알밤은 보이질 않네

눈에 아른거리는 알밤
돌아올 다음 해를 기다리며

주님이 주신 건강 감사하며
오늘도 잊지 못할
애기주먹 알밤 사랑한다.

가을은 웃음 바보

구름 바람 무지개 핀
언덕배기 파란 하늘
맞닿은 가을 동산

오늘도 분희와 나는
웃음보따리 찾으려고
익어가는 가을 동산에 오른다

떼구루루 굴러가는
가을 보고 하하 호호
대롱대롱 매달린
가을 보고 하하 호호
뚝뚝 떨어지는
가을 보고 하하 호호

분희와 나는 얼굴
마주 보고 하하 호호
낮달도 우릴 보고
살포시 웃고 있네
상수리 숲에는 날다람쥐

한 쌍이 우릴 보고
생글생글 웃고 있네

노을이 저무는 가을 동산
우린 웃음보따리 가득 메고
내려오는 발걸음도
즐거움에 하하 호호

어쩜 우리 웃음 바보
되겠네! 하하 호호
가을 동산 웃음꽃이
노을빛에 물들이네

가을

산이 좋아라
들이 좋아라
가을이 좋아라

하늘은 파랗게 물들이고
구름은 뭉게뭉게
솜사탕 뿌려대네

아이야 뛰어놀자
친구야 뛰어놀자

파랗게 노랗게 빨갛게
익어가는 저 들녘에

낮달도 가을이 좋은가보다
우릴 보고 배시시 웃네
방아깨비 벼메뚜기 뛰놀고 있네

가을바람 살랑살랑
오곡백과 주렁주렁

춤추는 저 가을 동산
함께 뛰어나가자

망향의 세월

흐르는 길목에서
초연히 먼 시야를 바라본다
멈추지 못하는 순간
어언 사십 고개

초조히 무언 속에
얽힌 채 찾고픈
아늑한 삶

꿈속의 님께서
전해 주신 그 한 말
곱게 가슴에 간직한 채

오늘도 먼 망향의 세월에
흩어진 마음을
하나둘 정리해 본다

빛의 자녀

주님이시여
사랑하게 하옵소서
겸손하게 하옵소서
아론의 파란 싹이
나의 삶에
물들게 하옵소서

빛의 열매가 주렁주렁
열매 맺게 하옵소서
주님 기뻐하신 곳에
동참하게 하옵소서

빛다운 삶을 살게
하옵소서
예수만 섬기는
가정되게 하옵소서

인덕원 오솔길

인덕원 숲을 가노라면
7월의 수목들이
하늘을 찌르며 아우성치네

이름 모를 꽃들이
서로 보아 달라고 윙크하네

점박이 나리꽃은 7월의 꽃이
저희가 왕 꽃이라고
소곤소곤 뽐내네

못난이 점박인 줄 자신은
모르는 게 약이지
흰 꽃가루 뿌려대는
망초꽃도 한 수 거드네

옆집 버드나무 까치네가
잔치를 열었네
깍깍 깍깍 종일 기뻐하네

우와 7월의 풀 향기 꽃향기가
내 마음 흔들어 띈다

엄마

오늘도 그리움에 쌓여
이 하루 보내 봅니다
그리도 그리운 엄마
항상 불러도 그리운 이름
가슴에 사무친 엄마 엄마

정에 겨워 불러 봅니다
그리움 찾아 그 정 찾아 떠나간 길
어느새 친정집 툇마루
밥상 차려 주시며 얼른 먹어라
배고프다 얼른 먹어라
정겨운 엄마 음성 귓전에 맴돕니다

앞마당 화단엔
분꽃 맨드라미가 나를 반기건만
엄마 모습 보이지 않네요
아! 한낮 꿈이었네요

엄마 음성만이 친정집
가득히 메아리치네요

엄마 엄마
목메어 불러봅니다
그립습니다 사랑합니다
엄마!!!

꿈

사뿐히 나래 펴고
사잇길 걷는다
보고 싶다
만져 보고 싶다

꿈을 찾아서
고향의 마루 터에
살포시 앉아본다
사랑스러운 그 눈빛
잊을 수 없어
울고 말았네

그 먼 그 꿈 그리며
오늘도 고향 마루에
선이는 주저앉아
하나둘
그때 그 꿈을
만져본다

제2부
바보처럼 살아갑시다

그저 바보처럼 하하 호호

그렇게 웃고 삽시다

복잡한 세파는 물결에 흘러버리고

6월의 숲

푸른 숲에
기대인 여인
한 폭의 그림이네
아름다운 자연 속에
무엇을 꿈꾸고 있나

두고 온 고향
못다 나눈 세월
6월의 숲은 알까?
푸른 숲 사이로
추억을 잡으려고.

못내 그리움
잊지 못해
온종일 그 꿈을
안고 있네

분꽃

아침 비 주룩주룩
창문 두드리네
화단의 꽃들 화들짝
아침 인사 윙크하네

동구 밖 선희네 화단
무척 분주하네
봉숭아 백일홍 채송화
일찍 빗물에 세수하네
아직 꿈나라 헤매는
잠꾸러기 분꽃

울 엄마 그리도
너를 예뻐하셨지
나도 네가 이뻐
잠꾸러기지만
어서 일어나
빗물에 세수하렴

너를 바라보니

이 멍울진 그리움 어이하리
오늘도 너에게
이 마음 전해본다

아카시아꽃 필 때

아카시아꽃이 활짝 핀
모락산에
유난히 슬피 우는
이름 모를 새야
무슨 사연 있기에
그리 울어 대니

이 화창한 봄날
네가 우니 나도 울고프다
두고 온 고향 못다 나눈 세월

아카시아꽃 필 때면
내 고향 들녘에는
모내기가 한창이겠지
내 놀던 동산에는
찔레꽃 아카시아꽃이
무척이나 뽐내겠지

이름 모를 새야 울지 말고
너랑 나랑 꽃향기에 취해보자

넌 참 예쁘다

네 고운 날개깃에
내 사연 고이 접어
내 고향 성미로 보내주렴

그대여!

소슬바람 맴도는 마이산 둘레길
매화꽃이 환하게 피어나네요
바람 향기 꽃향기에 둘레길
온 산야가 흠뻑 취하네요

파랗게 물들여진 하늘과
솜사탕 뭉게구름도
꽃 향에 취하여
예쁘게 피어오르네요

님의 숨결을 님의 환상을
찾아서 나선 둘레길
바람 향에 매화꽃 향에

이 마음 고이 접어
그대 계신 곳에 보냅니다
소식이나 전해 주소서
그대에게 취하고 싶습니다

인생은 마라톤

뽀얀 안개가 피어나는 뒤안길
오늘도 뛰어본다
코스모스 들국화 나를 반기네

황금물결 출렁이는 저 들녘
이 마음 그리움에 흐느끼네
쉬어 가면 안 될까
엄마 품 같은 저 들녘
함께 이야기하고파라

매정하게 등 떠민 손길
저항하지 못한 채 뛴다
뛰다 보니
서산마루 햇님이 걸려있네

아! 힘든 인생
그러나 주어진 이 삶을
사랑해야지
주님이 오라고 손짓하실 때
마라톤은 끝나겠지

이준 열사

못다 피우고 가신 그 자리에
오늘도 꽃잎들은 흐느낍니다
열사님의 그 숨결 고귀함
못내 아쉬움에 흐느낍니다

얼마나 외로우셨습니까
얼마나 아프셨습니까
얼마나 그리우셨습니까

열사님의 그 많은 얼을 담고서
오늘도 활짝 피어나는 꽃들은
그리움에 열사님을
불러 봅니다
거룩하신 열사님을
회상합니다

못다 피우고 가신 그 고귀한 꿈
어이 품고 가셨습니까
지금도 그 꿈에
잠 못 이루시는 열사님

고이 잠드소서

고이 잠드소서

실록

간밤에 서풍이
그리도 아우성치더니
그 예쁜 꽃비들 데리고 갔네
지금쯤 꽃비들
어디쯤 가고 있을까
그 예쁜 자태
그리도 뽐내더니

꽃비 내리고 간 그 자리에
무르익는 실록 소리
화음 이루네
초록 물감 쏟아내려
온 마을 물들이고
서로 잘났다고 그리도 뽐내더니

짙은 풀 향기에 서로 취하네
4월의 풀 향기에 서로 취하네
그리움에 향기에 모두 취하네

파랑새 찾아서

못 잊어 불러 봅니다
오늘도 목이 긴 사슴 되어
떠난 파랑새 기다립니다
어디메서 꿈을 그리는고

물망초 꽃을 좋아하던
나의 파랑새
돌담길 따라 오솔길 따라
마이산 넘어 가 봅니다

멀리 들리는 소리
그리움의 소리가
고향 뒷산에 메아리치네요

기쁨에 눈물이 나네요
물망초 꽃송이 가슴에 품고
향수에 흠뻑 젖어
고향 둘레길을 단숨에 뛰어갑니다

아부지

이제야 이 철없는 맏딸
아부지 불러 봅니다
그 가난한 세월
그리 살다 가신 아부지
어이 그 먼 길 가셨는지요
어린 자식들 두고 엄마 홀로 두시고
어이 눈 감으셨습니까

그 많은 세월 고희를 넘고 보니
아부지를 불러봅니다

그 옛날 아부지 장에 갔다 오실 때면
그 귀한 비과 십리사탕 사다 주시고
고등어, 동태 사 오시던 아부지

내가 반기며 쫓아 나가면
딸이야 잘 됐지 세상에서 최고지
항상 날 안아 주시며
양 볼에 뽀뽀해 주시던 아부지

따끔따끔한 아부지 수염
그 체온 지금도 잊지 못합니다
아부지 그립습니다 존경합니다

이 딸의 불효를
용서하소서
천국에서 행복하소서

하모니카 소리

라일락 꽃향기가
창틈으로 스며드네
첫사랑 향기 그리움 향기
그 님의 하모니카 소리

소리 따라 향기 따라
동산 숲에서 들리네

봄의 교향곡 첫사랑 그 소리
우묵 바위에 앉은 청년아
아! 하모니카 불어 주던 님아

그리움이 우묵 바위에 숨어 있네
너를 찾아왔건만
님의 모습 그리운 소리
아무도 몰래
우묵 바위에 묻어둔다

봄꽃

흐드러진 봄꽃 나뭇가지
사이로 나는 걸어본다
꽃향기에 취해 풀 향기에 취해
그 옛날 나의 금잔디로

지금쯤 성미에는 봄꽃들이
한창이겠지
진달래 개나리 철쭉
무척이나 뽐내겠지

그리워라 가고파라
나의 금잔디
꽃향기야 풀 향기야
너는 내 맘 알지

나의 금잔디로 나를
날려 보내주렴

순애보

모진 세월 왜 그리 바쁘오
철들기 전 이렇게
떠밀면 어이 하오

미안하오 사랑하오
산소 같은 여인이여
보석 같은 여인이여

못다 나눈 이야기
천국 길에 들어오니
그대 품에 잠들고 싶소
그대 손 놓치 못하오
때늦은 후회의 눈물이
앞을 가리오

그대 고운 얼굴 보고프오
꿈속 길에 만나리
천국 길에 만나리오
잊지 못할 여인이여

떨어지는 단풍

간밤 서풍이 무섭게 부는데
그 곱던 단풍 떨어지는 소리
나 잠 못 이루고

서풍아 불지마라 네 바람에
저 곱게 물들인 단풍들
무수히 떨어져 흐느껴 운다

떨어지는 단풍
남아 있는 저 단풍
못내 서러워 운다

그 푸른 시절 그 곱던 시절
모두 꿈길이여
추풍낙엽 되네

떨어지는 단풍 바라보니
내 영혼 아파 운다
모든 것 무상하네

구월의 송가

구월이 익는 소리
바람이 몰고 오네
국화꽃 피는 소리
문득 새로 알려 주네

동구 밖 수목원
가을 축제 분주하네
코스모스 하늘하늘
행인의 발 묶어 놓네
님 그리는 해바라기
온종일 하늘만 쳐다보네

아! 구월아 높은 하늘아
나 너희를 사랑한다
너희들과 함께라면
지구 끝까지 갈테야

바보처럼 살아갑시다

세월 따라 계절 따라
그대와 나
그냥 웃고 삽시다
모든 것 접어 두고
모든 것 정리하며

그저 바보처럼 하하 호호
그렇게 웃고 삽시다
복잡한 세파는 물결에 흘러버리고

주님 손에 이끌리어
하하 호호
함께 살아갑시다
모두 다 사랑하면서

한양 샛별을 떠나며

긴 여정의 뒤안길을 넘어
기쁨 슬픔 바쁨 함께
공유한 샛별아!
너를 두고 떠나는 나
왠지 마음이 짠하네

너를 주머니에 넣고 갈 수도
업고 데리고 갈 수도 없고
너에게 하고픈 말
편한 나의 쉼터기에
고맙고 사랑해!

그리고 잊지 못할 거야
나의 모든 투정
다 감싸준 샛별아 잘 있어
오시는 이에게도
행복 많이 주서 안녕

물안개

뽀얗게 피어오르는 물안개
찬란한 햇빛 거부한 채
저만의 고요와 평안함

너무나 고귀한 섭리
아름다운 그림이여
너를 보노라면 근심 걱정
네 고요히 피어오르매
가득 담아 주고 싶어
함께 가져 오르렴

호수도 잠잠 물결도 고요
이 아침 청아롭다
동심들과 아침 산책
너무나 좋아라

옆 동네 청계산 둘레
자작나무 하늘로 무작정 오르네
물안개 자작나무 휘감으며
지금도 피어오르네

가을

여름 끝 마루에 앉아서
하소연하던 매미
인사 없이 떠났네

빨간 고추잠자리 이사 왔나?
자기 세상이라고 우기네
꽃밭을 종일 맴도네

들녘 황금물결
온 대지를 물들이네
메뚜기 황가치
가을 잔치에 분주하네

밤이면 풀벌레들
익어가는 가을을 응원하네
귀뚜라미 멀리 이사 간 친구
그리워 슬피 울고

아! 가을아 난 누구에게
이 마음 전할까

그리움에 물들여진 나
가을 품에 포근히 안기어 본다

가을을 줍는 여인들

아침부터 분주하네
아! 가을아
오늘도 우린 산행에 나선다

재잘재잘 소곤소곤
하나님께 기도하며
가을 동산에 오른다

하늘에 걸린 가을을 따고
뚝뚝 떨어지는 가을을 줍고
떼구르 구르는 가을을 줍고
여인들은 무척 즐겁다

도토리 숲 날다람쥐
우리보고 반가워하지 않네
저희 양식 가져갈까 봐
눈을 째려보네

푸른 숲 방아깨비 물사마귀
덩달아 뛰어오르네

미안해 너희 양식 남겨 놓을게

여인들은 가을을 흠뻑 마시고
배낭에 가득 담고
가을 동산에서 꿈을 그리며
해 저무는 줄 모르네

여름을 보내며

폭풍우 여름 장마
그리도 아우성치더니
떠날 땐 홀연히 사라지네

포풀러 나무에
밤낮없이 울어대는 매미
요즘 더욱 슬피 우네
무슨 사연 있겠지?

그 화려한 점박이 나리꽃
소리 없이 떠나고
담장이에 그 화려한 능소화
그리도 뽐내더니
애처로이 몇 송이 남아 있네

떠 있는 세상 구름 난간에
서 있는 저 나그네
오신 님 가신님 그리워
여름 끝자락 붙잡고
하소연하네 아! 인생무상
남은 것 떠 있는 세상뿐

그리움의 끝자락

우수수 떨어지는 곱던 단풍
서럽게 울고 있네요
내 맘도 이 그리움을 못 놓고
울고 있네요

주님 이 부족한 딸
붙잡아 주소서
텅 빈 이 공간에
성령을 부어 주소서
믿음을 부어 주소서

주님만 그리게 하옵소서
주님만 사랑하게 하옵소서

이 그리움 끝자락에
주님의 미소로 채워 주소서
이 허전한 손
꼬옥 잡아 주소서

칠월의 숲

쏟아지는 칠월의 태양은
뜨겁게 타오르네
나도 타오르네
나무숲은 청 푸른 잎새가
화음을 이루네

그 옆 무궁화꽃이
나라 사랑에
보랏빛 하얀빛으로
피어오르네

그 옆 백일홍 꽃나무
빨갛게 물들인 꽃잎을
칠월의 숲에 뿌려주네

노송나무 그늘엔
까치가 비둘기가 종일 노닐고
포플러 나무에
큰 소리로 울어대는 매미들

칠월을 재촉하누나
노송 그늘에 종일토록
우린 정담을 나누며
해 저무는 줄 모르네

향수

솔바람도 구름 따라
구월이 오고 있네
모락산 모퉁이엔
가을이 소록소록 익어가고

내 언니 닮은 샛노란 국화꽃이
코스모스와 정담을 나누네
풀숲에 뛰어노는
황가치야 너를 보니
고향 생각 간절하구나

내 놀던 동산아
내 놀던 들녘아
너희들은 지금도
그대로 잘 있겠지

흐르는 구월의 물소리
짹짹 지저귀는 참새 소리

향수에 흠뻑 젖어
함께 따라나선다

주님 기다리는 길목

어드메 계시온지
어이 대답 없나이까?
주님 기다리는 이 마음
목마른 사슴 되나이다
목이 긴 기린 되나이다

주님 어서 오소서
훨훨 구름 타고 오소서
주님 오시는 길목에
믿음의 등불 밝히오리다
조그만 불씨
아직 타고 있나이다

주님 기다리는 오늘도
그리움에 사모함에
온종일 이 길목에서
등불 밝히오리다

제3부
오월의 마지막 비

옆 담장 쥐똥나무꽃도
향기 빗물에 떠내려간다고
눈물 방울방울

벚꽃 나무

봄부터 고운 잎이
사르르 피어
연초록 잎새
그리움 품고
꽃 마중 오느냐

어느새 곱던 꽃들
화사하게 피어나
봄 동산 물들이고
만인의 우상 꽃으로
도도히 피어나네

짝사랑에 행인의 시선
흠뻑 받고
희열에 정렬에 꽃향기
마음 놓고 뿌려대네
아! 아름다움 이여
노을에 반사된 네 꽃송이
나를 유혹하는구나

기다리시는 주님!

문밖에서 노크하시네
종일 나를 기다리시네
이 못난 딸 그리 사랑하시네
주님 마음 아프게 하네

딸아! 나 여기서
널 기다린다
나를 바라보거라
나를 믿어보거라

그리 외치시건만
너무나 무지해서
너무나 교만해서

주님 기다리시는 창문
열지 못하고
오늘도 세상 속에
황금 보따리 찾고 있네
문밖에 주님이 가지고

계신 걸 알지 못하고

어리석은 딸아 어서
잠에서 깨어나라
주님께 문 열어 드려라

반월 호숫가

파란 하늘이 구름과 맞닿은
반월 호숫가
금빛 은빛 뿌려대는
햇님이 찬란하다

동심에 젖은 우리들
하얀 뭉게구름 잡으려
구름 위로 뛰어
오르려 하네
떠 있는 이 마음들
호수에 적셔볼까?

가을 준비에 바쁜 호수
하늘에 구름다리 놓아
햇님 오시는 길
금빛으로 물들이네

옆 동네 잣나무 숲엔 청설모
누가 오는 줄 모르고 종일
잣 열매 쪼아대네

청솔 나무 매미들 덩달아
목청 높이고

아! 맑은 대자연 수정 같은 공기
우린 흠뻑 가슴에 담아본다
가을이 오는 호숫가에서.

불꽃의 삶

불꽃같이 살다 가신 님
훨훨 타오르는 그 삶이
너무 뜨거워서 아파서
훨훨 타오르는 그 삶이
너무 외로워서 그리워서

그 님 가시던 그날
햇님도 달님도
애달파서 흐느낀다
두고 가는 인연의 끈 놓지 못해

그 귀한 보배둥이 가슴에
품지도 못하시고
그 귀한 꿈 이루지도 못하시고
어이 홀로 가셨습니까

한 시대에 모든 꿈 빼앗기시고
한 시대에 타오르는 불꽃 빼앗기시고
보상받지 못한 삶

얼마나 서러우십니까
천국에서 못다 이룬 꿈
활활 태우소서

님의 그 찬란한 불꽃
영원히 잊지 않겠습니다

- 이 글은 한 시대를 살다 가신 고 나혜석 님께 바칩니다.

무언의 기도

온 세계가 꽁꽁 얼었다
우리나라가 꽁꽁 얼었다
한파로 꽁꽁 얼었다
코로나로 단절된 삶
학의천에 나가 본다

앙상한 나무 풀잎들
찬란한 그때 회상하며
흐느끼며 기다리며
뜬 눈으로 긴긴 하루 보내는
저 야생들!

내 영혼이 아파서 운다
학의천도 우리 맘 아는지
물소리도 떨며 흐느낀다

까치네 참새네 가족들
살아 보겠다고
앙상한 가지 맴돌며
청둥오리 둥둥 오리

고개 갸우뚱
나를 바라본다
살아 보겠노라 다짐하는
저 내들
난 무언의 기도 드려본다

코로나

초록빛이 빗물에
하늘거리는 학의천 길
오늘도 우산 쓴
세 여인 걷고 있네

빗소리 물소리 재잘재잘
여인들 소리
학의천 냇가로 흘러가네

여인들 걸음마다
빗소리 물소리도 따라가네

코로나야 너도 떠내려가렴
멀리멀리 빗물과 동행하여
대서양 끝까지 가려무나

코로나를 걱정하면서
세 여인은 우산 속에서
주님께 기도드린다

12월의 하얀 눈

하얀 눈이 온 대지에 날리네
하얀 눈이 마을에 쌓이네
코로나로 꽁꽁 닫힌 삶
조그만 기쁨을 주네

앙상한 저 들녘 동산에
눈꽃이 피어나네
살포시 즐거움에 웃는
저 야생들

하얀 눈아 깨끗이 깨끗이
코로나를 데리고 가렴
가다가 무거우면
대서양 바다 끝에
던져 버리렴

온 인류의 소망
우리의 소망
네가 좋은 일 좀 하렴
하얀 눈아!

엄마의 치맛자락

엄마는 장날이면
아침부터 바쁘시다
올망졸망 무거운 보따리
머리에 이시고
장터로 나가신다

다섯 살 난 아이도 따라나선다
엄마 치맛자락 꼬옥 붙잡고
졸졸 따라나선다

난희야 오빠와 언니랑 집에서 놀으렴
싫어 싫어 나 바나나 먹고 싶어
엄마 치맛자락 더 꼬옥 잡고
십리 길 장터로 향한다

부잣집 아이나 먹는 바나나
엄마는 바나나 한 개를 사주셨다
살살 녹는 바나나
아이는 먹는 즐거움에
힘든 줄 모르네 마냥 웃네

다시 못 올 그날
이순을 바라보는 지금도

난희는 엄마의 치맛자락
찾아 그 장터 헤매다

마이산의 아픔

수목이 빼곡한 마이산에
동심에 흠뻑 젖은 나와 숙이
산자락 헤매며 무척 즐겁다
진달래 따 먹고 산나물 캐면서
시간 가는 줄 모르네

유난히 슬피 우는 꿩
앞산에서 꿩꿩
뒷산에서 꿩꿩
마이산 자락에 꿩의
울음소리 메아리치네

아마도 솔 나무 둥지의
알을 찾고 있나 보다
가난한 유년 시절
나와 숙이는 꿩 알을
몰래 가져왔다 열일곱 개나

꿩꿩 울음소리는 우리의
양심에 아픔을 주네

이순이 넘은 지금도
꿩 울음소리에 마음에
찔림이 오네

미안해 꿩들아 몇 알만
남겨 놓을걸.

내 하나의 사랑

진초록 잎새 하늘하늘
여름을 알려 주네
계절은 바람으로
꽃잎으로 무르익는데

옷깃에 스치는 능소화꽃 향이
내 하나의 사랑을
더욱 그리게 하네

세월은 흐르는데
내 그리움에 끝자락은
보이지 않네

세월아 하늘아
너는 알지 내 마음을
흐르는 눈물 시냇물 되고
멍울진 그리움 뭉게구름에
날려 보내고

저 천국 주님 계신 그곳에

내 하나의 사랑은
행복하게 사실거야

12월의 바라산

바라산 둘레길이 쓸쓸하다
맑은 공기와 산야가 한눈에
바라보인다

앙상한 나무들 그 화려한
지난날 회상하며 흐느낀다
내 맘도 허전하다

삶이란 공존하는 것
저 작은 새들 이산 저산
날아서 잃어버린 숲을 찾네

새들의 마음 모르는
동편 기슭 잣나무들
푸른 기상 자존심 뽐내네

바라산 수목들은 못내 서러워
봄이 오기만
기다리네

오월의 마지막 비

창밖엔 진종일 비가 내리네
무슨 사연일까
아름답게 핀 저 장미들
비야 그만 내리렴
하소연하건만

옆 담장 쥐똥나무꽃도
향기 빗물에 떠내려간다고
눈물 방울방울

마지막 가는 오월이 아쉬워
저리 비는 내리고
돌풍 비나 막아 주렴
아름다운 오월의
알알이 맺힌 열매
떨어질까 조마조마

가는 오월 붙잡고 밤새
내리는 빗소리
마음이 짠하네

고향 밤

내 고향 두메산골 강다말
불러도 목이 메인 향수여
뒷산 뻐꾸기 오월을 재촉하네

내 꿈이 서린 보금자리
내 유년이 담아져 있는 고향집
엄마의 품이 그리워진다

산천은 그대로인데 내 그리움
그 보고픈 사람들은 모두 가고
고향 밤은 깊어가네

이름 모를 풀벌레들
소쩍새도 내 설움 아는지
밤새 울어대네

허상

뜬구름에 몸을 실어
살아온 세월아!
뭐에 그리 바빠
꿈나무 달아놓은 보물 못 찾고

허상의 나래 깃에
꿈 담은 세월아!
뭐에 그리 바빠 향나무
그려놓은 그림 못 보고
살아온 뒤안길

얄밉다 야속하다 허상 속에
내 어리석음
부질없는 숨바꼭질
한낮 꿈길이네

회개의 기도만이 나의 삶
주님께 이 한 몸 드림을
맹세한 이 시간 내 모든
꿈은 허상에서 깨어나리라

천국에서 이야기해요

행여나 님의 소식 오려나
온종일 창문만 바라봅니다
아련히 들리는 소리
떠나가신 님의 비보
아! 인생이여 세월이여
너무나 무정합니다

그리 핸썸한 님이여
세월 속에 고이 묻어둔
이 그리움 어이 하리요
이대로 보내 드려야 하는지요
울지는 않겠습니다

우리 천국에서 만나면
이 세상에서 말 못한 그 사연
밤새도록 나눕시다
잊지 못한 사랑 이여

내일

안개꽃 같은 내 삶에
동그란 뽀얀 안개 속에
숨어 있는 그 꿈을 오늘도
난 찾고 있네

저 멀리 들려오는 소리
내일이 있잖아
내일이 있잖아
들려오는 소리 다시 맴돌아
그 자리에 멈추네

꿈을 꺼내 보자 마음에 꽁꽁
묶어둔 파란 꿈을
하얀 도화지에 그려보자

큰 희망의 나래 깃에
마음껏 담아보자
내일을 향하여

쥐똥나무꽃

바람에 실려 오는 향기
오월이 피어 나는 향기
실록이 쏟아지는 거리
유난히 붉은 장미야
저희가 오월의 여왕이라
뽐내지만

옆 담장 꽃 향이 우릴 유혹하네
눈꽃같이 생긴 쥐똥나무꽃
담장 사이사이
방글방글 피어나네
장미꽃에 홀린다지만

향기가 너무 좋아
쥐똥나무꽃 행인의
감탄 소리 끊이질 않네
장미꽃 조금 삐진 것 같네

모든 건 공평한 것
꽃은 네가 더 이쁘지만

향기는 쥐똥나무꽃이 최고 같네
모두 사랑해

준이 할무니

엊그제 할무니 사랑 많이 받고
엊그제 할무니 품에 잠잤는데
그 세월 언제 흘러 할무니 됐나

손주가 할무니 부르는 소리
왜 그리 이쁘고 귀여운지
종일 할무니 불러도 좋아라

어느 청년이 할무니 하고
부를 때 왠지 서글프다
그 푸르던 시절 떠나보내고
할무니 되었나

주어진 이 삶 준이 할무니로
살아가야겠지
주님 주신 건강 감사하며
준이 할무니로

만민에게 기쁨의 복음 전해야지
다짐한 하루였다

친정엄마

간밤 내리는 빗소리
그리움 숨어드네
친정엄마 잠 못 이루시네
재 넘어 시집 보낸
막내딸 생각에
베갯잇 적시며 우시네

비 오는 날 유난히
좋아하던 막내딸
엄마 나 빗소리가 너무 좋아
귓전에 맴도는 정겨운 소리

육 남매 키우신 엄마
열 손가락 깨물면
다 아픈 손가락이지만

내리사랑 재롱둥이 막내딸
그리우신 엄마
눈물로 지새우신
그 어느 오월의 밤
빗소리 그리움 재촉하네

꼬맹이 나의 친구

오늘도 서로에게 메시지 보낸다
고향 동산 냇가로
진달래 찔레꽃 따 먹던
꼬맹이 내 친구여!

그리운 초등시절
소풍 갔던 그 날들
서로에게 이야기 나누며
언제나 만나면 고향 품 같은
꼬맹이 친구여

황금벌판 벼 이삭 누렇게
달린 들판 우린
메뚜기 황가치 같이 잡으며
온종일 황금빛 들녘 찾아서
누비고 다녔지

아! 어느 세월이 이렇게
고희 넘긴 우린 꼬맹이 친구와
고향 양지울 모라내

강당말을 함께 헤맨다

추억의 보따리 서로 풀어 놓으며
보배 같은 꼬맹이 나의 친구여
주님이 부르실 때까지
우리 우정 아름답게
가꾸어 보자 사랑한다
나의 꼬맹이 친구여!

호숫가에서

오월의 태양이 쏟아지는 호숫가
내 맘 달래주는 갈매기 떼
바람에 나래 깃에
그리움 띄워 볼까

뚝 옆길 해당화꽃
왜 그리 어여뻐라
멀리 떠난 그 님
못 잊는 내 맘을 달래주는
해당화꽃 이쁘다

님 계신 같은 하늘가
어디메서 날 생각해 주실까?

누굴 위해 살았는가
호수는 아는지 고요히
내 맘 적셔주네

삶에 종착역 가까이 오는데
주님 제 손 꼬옥 잡아 주소서
이 삶 주님께 맡기어 본다

손녀에게 홀리다

어릴 적 동네 어르신들
비 오는 날이면 앞산 모퉁이
도깨비 있다고
도깨비불이 훤하다고
정신 못 차리면 도깨비에
홀린다고 하시던 이야기
무척이나 무서웠다.

요즘 난 이순이 넘은 삶에
무게가 힘들고 서러울 때
손녀 은희에게 홀리어 산다

재롱둥이 손녀 너무 이쁘다
며느리 한마디 밉다가도
손녀 얼굴만 봐도 사르르
아들의 서운한 말 한마디도

손녀가 방글방글 웃으면
사르르 맘이 녹는다
아마도 손녀에게
홀렸나보다

엄마의 고향 설

함박눈이 펄펄 날리던
어린 시절 고향 집
등잔불 마주 앉아 초롱초롱
화롯불에 군고구마 익는 냄새
너무나 구수했다

엄마는 고구마 구우시며
고향 설 노래를
구성지게 부르신다

엄마의 애절한 고향 설
지금도 내 귓전에 맴돈다
밖에는 저리도 함박눈이 쌓이고

내 그리움은 어느새 눈송이 쫓아
고향 집으로 날아가는데
삶이란 그리움을 안고 사나 보다

지금도 잊지 못할
그 겨울밤이여

한 송이 눈을 봐도 고향 눈
두 송이 눈을 봐도 고향 눈

함박꽃

어느새 화단마다 화려한
함박꽃이 피어오르네
봄꽃 속에 내 세월이 아리송해

네가 이리 예쁘게 핀걸
인제 보았네
화려한 너를 보니
내 젊음이 그립다

해마다 이맘때면 그리도
아름답게 피어오르던
친정집 장독대 앞 그 화단

네 꽃 속에 엄마가 보인다
네 향기에 동생들이 보인다
함박꽃 너를 보니
내 유년이 그립다

사랑한다 함박꽃
마음껏 피어오르렴
아름답게 피어오르렴

솔바람 사르륵 내 옷깃 만지네

조금 있음 봄은 오겠지

저기에 무등 숲에 까치네 가족

봄 마중 왔는지 온종일 분주하네

샛별 집 그리며

골목길 따라 한양 샛별이 보이네
그 긴 세월 함께 살아온 샛별아
처음 이곳에 왔을 땐
화이트 샛별 눈부시게 멋졌지
나에게 희망 주고
편한 쉼을 준 너였지

지금 스카이뷰도 무척 행복해
그러나 첫사랑 너 잊지 못해

너는 내게 방랑 세월
잠재워 주었잖아
꿈 기쁨 슬픔 함께한
샛별아 고마워 사랑해
지금 오신 그분께도
희망 가득 안기어 주렴
착한 샛별아 사랑한다

속리산 여행길

매일 매일 설레이며
마치 어린 시절 소풍 가던
날을 세어보는 마음에
오늘 우린 속리산행에
몸을 실었다

고희를 바라보는 우리지만
철이 덜 든 아이 같았다
속리산 입구부터 맑은 공기
살아 숨 쉬는 산천들

충청도 고유의 사투리
내 고향 엄마 품 같았다
무거운 삶의 짐은
문장대 구름 위로
둥둥 띄워 보내고

웅장한 천오백 년 법주사
세조길 돌아보며
세조임금님 역사 앞에

단종애사 비운의 숨결
기쁨 서글픔 반비례 된다

하루 일정 내려오며
정이품 노송 바라보며
오백 년 역사 그려본다
다음 여행길 약속하며

우물 안 개구리에서
벗어나자고 다짐해본다.

잊지 못할 함박눈

그해 겨울도 저리 함박눈 펄펄 날렸지
눈 꽃송이 하늘하늘 쌓여만 가네
고향 동산의 눈송이가
내 맘에 안기네

아부지 사랑방 아궁이에
소죽 끓이시며
올해는 대풍이구나 하시며
껄껄 웃으시네
부엌에서 아침밥 준비에
바쁘신 엄마
에구 자식들 먹여 살리려면
풍년들어야지 하시며
펄펄 날리는 함박눈에
환하게 웃으시네

툇마루 화로엔
담북장 한 냄비 보글보글

나랑 동생들은 눈사람
만드느라 추위도 잊고
강아지도 좋은가 보다
우리보다 더 날뛰네
아! 잊지 못할 고향 동산
함박눈은 쌓여가고
내 그리움에 눈꽃 탑은
쌓여만 가네.

봄비

봄비가 소리 없이 내립니다
온 산야도 봄비에 춤추며
꽃 마중 님 마중 나갑니다
봄 처녀 가슴에 설레임을
조용히 담아 줍니다

겨울 네 꽁꽁 언 우리 맘도
살포시 녹여 줍니다
실개천 물소리도 봄비와 함께
흥에 겨워 졸졸졸
흐르는 물소리 고와라

내 맘도 봄비에 기대봅니다
얽히어 있는 삶의 무게를
이 봄비에 던져봅니다

봄 오는 소리

온대지 파란 풀 색 물들이고
봄 향기 소리 없이
온 마을 뿌려주네
숨어서 봄을 기다리는 새싹들
파란 움을 톡톡 터트리네
앞 냇가 버들강아지
실눈 뜨고 배시시 웃네

나무들 봄 오는 소리에
파란 풀빛 용솟음치네
잉태한 씨앗을 품 안에
꼭 안고 봄 오는 소리에
기뻐서 밤잠 설치네

오월의 단비

창문에 빗소리 부딪치네
오월의 푸른 비 소록소록
수목들 오월의 단비 맞으며
생글생글 웃고 있네

진초록 비 온 대지
깨끗이 뿌려주고
내 맘엔 고향 비를 안고 있네

모내기 재촉하는 예쁜 단비
온 마을 경사 났네
어릴 적 오월에 비 오면
동네 어르신들 메마른 논에
물 고임 보고 기뻐하셨지

근자엄마 옥동엄마 울엄마
막걸리 한잔 목축이시고
빗소리에 덩실덩실 춤추셨지

멍멍이도 막걸리 먹고 싶다고

애교 부렸지
빗소리 흥에 겨워 종일 내리고
그리움 부추기는
오월의 단비여!

저무는 햇님

서쪽 하늘 노을빛이
온 대지에 수채화 그려 놓네요
저무는 햇님 수줍음에
그 예쁜 얼굴
나뭇가지에 숨기시네요

내일이면 찬란히 또 만날 우린데
무에 그리 수줍어 하시나요
그대 그 찬란한 얼굴 뵈오려
우린 동산으로 뛰어오릅니다

햇님! 온 인류에
꿈 소망 부어 주시는
그대는 거대한 세계의
하나님의 작품이십니다

무지개 언약

온 대지에 만물이 피어오릅니다
산에 들에 마을에
삶이 숨 쉽니다
앞집 뒷집 옆집
웃음꽃이 피어납니다

아! 살만한 세상아
하늘엔 꽃구름 두둥실 피어나고
산마루 동쪽 하늘엔
일곱 빛 무지개가 떴습니다

벗님들아 아이야
무지개 떠 있는 하늘가
동산으로 올라갑시다
하나님이 복 주신
언약의 동산에서
우리 감사 기도 드립시다
소리 높여 찬송 부릅시다

꼬맹이 친구와 2021년을 보내며

오늘도 감사가 넘칩니다
꼬맹이 친구가 있기에
기쁨이 샘솟듯 피어납니다
꼬맹이 친구와 공유하기에
하늘 땅만큼 사랑합니다.

너희를 바라보면 고향이 보입니다
너희를 보면 엄마가 보입니다
너희를 보면 유년의 푸른 꿈이 보입니다

꼬맹이 친구의 해맑은 모습
고운 눈빛 내 맘에 고이 담겠습니다
그대들 가가호호에 주님의
축복의 단비가 소록소록
내리시기를 소망합니다
행복의 열매가 주렁주렁
열리기를 기도합니다

2021년을 보내며
함께 웃고 함께 공유함에

감사합니다 사랑합니다
남은 우리의 삶에 우정
예쁘게 가꾸어 나갑시다
꼬맹이 나의 친구여 파이팅!

무등 숲을 지나며

솔바람 사르륵 내 옷깃 만지네
조금 있음 봄은 오겠지
저기에 무등 숲에 까치네 가족
봄 마중 왔는지 온종일 분주하네

깍깍이예요 넌 서울
깍깍이니껴 넌 안동
깍깍이랑께 넌 전라도
깍깍이유 넌 충청도

와! 너희들 반갑다
너희들 도민회 열었구나
근데 난 충청도야

옛말에 고향 까마귀만 보아도
반갑다는 이야기가 있단다
까치네 깍깍이요 깍깍이랑께
깍까이니껴 깍깍이유
온종일 무등 숲엔 까치네 행사로
바람도 살포시
가지에 앉아서 구경하네

그리운 할무니

꿈에도 안 보이신 우리 할무니
그 품이 왜 그리 따뜻하고 포근한지
잊을 수 없는 할무니

저녁이면 안방에 모이셔서
친척 할무니와 이야기책
서로 읽으셨지 옥동할무니
동화동 할무니 울할무니

아~ 그리우신 할무니
황부인전 삼국지 별당아씨 등
그리 재미있게 읽으시던
이야기책 그리운 할무니

옥동할무니 별당아씨
불쌍하다고 그리 울으셨지
재미있는 책은 하하하 웃으시던 그 모습
그 할무니들 뵙고 싶습니다
우리 할무니 그립습니다

모란을 보내며

비바람 견디고
그리도 예쁘게 피어난 모란아
네 고귀한 자태 뽐내며
고운 님 사랑 순결한 사랑
너 혼자 안고서 기뻐했지

그 화려한 삶을 어쩜 좋으리
너를 보내는 이맘 왠지 서글프다
아름다운 너 꽃 중에 니가
여왕 꽃이라 소곤대며
방글방글 웃던 너

저무는 햇님을 원망하리
떨어지는 네 꽃잎 위에
내 눈물 호수 되어
너 떠나는 나룻배에
길동무 되고프다

오월이 오면

봄이 오는 소리가
눈부시게 아름다워라
오고 가는 세월에
여운만 맴도네
초록 향기 쏟아지는 오솔길
애기똥풀 나에게 윙크하네
익어가는 봄 향기 마시며
자연의 꿈을 그리어 본다

오솔길 옆 찔레나무
오월 맞을 준비에 정신없네
머잖아 예쁜 꽃이 피겠지

오월의 장미 아카시아 찔레꽃
온 대지에 꽃향기 뿌려지면
벌 나비 환상이겠지
기다려지는 오월 꿈에 부푼다

새 봄아

어이해서 내 맘을
흔드니 새봄아
간밤 잠 못 이루고
너네만 생각하네
꽃잎 피는 소리
꽃망울 톡톡 티는 소리

아! 목련아 동백아
너희 그 아름다움에
나 갈곳 잊고
미로의 길 헤맨다
순결한 네 모습
황홀한 네 자태

그윽한 너희 향기
바람에 날아갈까 봐
이 밤 지새우며 창문만 여닫네

먼 그대

가까이하기엔 너무 먼 그대
그냥 침묵이 답이었죠
같은 하늘가에 사는 이유가
행복이라 생각했죠

어느 날 그대의 비보
천상으로 가셨다는 그 말씀
믿어지질 않네요
오늘만 울겠어요
잊지는 못하겠죠

언젠가 천상에서 만나면
그대 손 꼬옥 잡겠어요
제 손 꼬옥 잡아 주세요

멍울진 이 마음 그대여
지금도 그리워지네요
만날 그날까지 안녕히.

진달래

고향 앞산 진달래는
지금도 피어있겠지
정겨운 너를 보면
그 동무 그립다

두고 온 하늘과
두고 온 유년 시절
두고 온 친정집
어여쁜 너를 보면
더욱 가고픈 고향

지금쯤 강당말 뒷산
산새도 산 까치도
네 꽃 향에 취해
마냥 즐거워하겠지

네가 피어있는 이 봄은
향수에 취해 나도 몰래
고향 앞산을 헤맨다

겨울비

잠 못 이룬 이 밤
삶의 무게 서러워
이맘에 멍울진 이 밤
저리 내리는 겨울비
내 맘 아는가 보다

내 창가에 스며드네
못다 이룬 푸른 꿈
두고 온 나의 유년아!

쏟아지는 저 빗물에
내 돛단배 띄워 본다
두둥실 어서 가자
나의 봄 동산으로

2021년을 함께 한 그대들

오늘도 감사가 넘칩니다
그대들 만남에
기쁨이 샘솟듯 피어납니다
평촌 방 천사님 사랑합니다
그대들 고운 손길 좋은 글
귀한 작품 모두가 소중한
우리들의 삶의 역사입니다

감사와 고마움 제 맘에
고이 접어 간직하겠습니다
언제나 수정같이 고운 눈빛
해맑은 모습
너무 정겹고 아름답습니다

그대들 가가 호호에
주님의 축복
함박눈처럼 소복소복
쌓이기를 소망합니다
행복의 꽃망울 주렁주렁
열리기를 기도합니다

한 해를 보내며
항상 함께 웃고
함께 공유함에
고맙습니다 사랑합니다

청춘이 있었는데

엊그제 내게도 꽃다운
청춘이 있었는데
엊그제 나도 꿈많은
소녀였는데
엊그제 나도 꽃같이
예쁜 새색시였는데

지금은 서산마루 햇님
쫓아가고 있네
굽은 허리 아픈 몸
그러나 주님 주신 귀한 몸
감사해야지

동산에 피어있는
할미꽃 바라보니
이제야 할미꽃 내 친구 되었네

오늘도 주님께 바램은
천국 가는 그날 이 딸
잠잘 때 데려가 주소서

기도해 본다
엊그제 그 청춘이
바람같이 날아가네

미안해

사랑의 보물 나의 따님
사랑의 빚진 나의 아드님
못 배운 엄마가 미안해
따뜻한 손길 못 주고
무능한 엄마가 미안해

너희들 뱃속에 품고도
태교도 못 함이 미안해
낳아서 키우면서 외로울 때
보살피지 못해서 미안해

정서 인격 모른 채
너희들 키웠구나
밥만 주면 사는 건 줄 알았기에
살아온 그 세월이 미워라

하지만 이제야 주님께
너희들 맡긴 삶에
미안함 멀리 떠나보내고
기도하는 엄마가 되니

주님께 맡긴 삶에
감사하며 기도하리라.

웃음꽃 피는 마을

오늘이 활짝 열리네요
맑은 공기가 동산에서
솔솔 피어나네요
하늘엔 햇님이 활짝 웃고 있네요
작은 마을엔 웃음꽃이
종일 피어나네요

할아버지 웃음꽃 허허허
할머님 웃음꽃 흐흐흐
아빠 엄마 웃음꽃 하하 호호
아이들 웃음꽃 해해해
아가들 웃음꽃 까르르르

마을 동산엔 주님의
십자가가 보이네요
십자가엔 웃음꽃이
담아져 있네요
십자가엔 행복의 열쇠도
담아져 있네요
십자가엔 천국행 열차표도

담아져 있네요

주님의 십자가만 봐도 웃음꽃
사르르 피어나네요
작은 마을엔 언제나
행복 기쁨 사랑의 웃음꽃이
가득 담아져 있네요.

사과꽃 필 무렵

봄 향기 살포시 스치는 오후
마음에 그리움을 안겨줍니다
사과꽃이 활짝 피어있는
과수원길 님 오시나
마중 나갑니다

언젠가 내 손 꼬옥 잡고
속삭이던 그 말
잊을 수 없습니다

희야에게 사과꽃 향기가
피어난다던 그 음성
내 맘에 떠나질 않습니다

님이여 그곳에도 봄꽃이
한창 피어나겠지요

사과꽃 필 무렵은 그 님 찾아
끝없이 과수원 꽃길을
온종일 걸어봅니다

오월

눈부신 오월 하늘가
파랗게 익는 사랑 열매야
잉태된 고귀한 사랑아

주렁주렁 맺으리라
마음껏 품으리라
서로에게 다짐하는
푸른 꿈나무야

초록 잎새 사이로
수줍음 감싸 안고 맺으리라
꽃향기 파란 바구니
한 아름 안고

예쁜 새아씨 꽃동산
사뿐사뿐 날아서
님이 오실 꽃길에
사랑의 꽃다발
아낌없이 뿌리리라

오미크론

봄소식에 들떠 있는
앞 냇가 새싹이 톡톡 트고
버들잎도 눈뜨네

까치네 참새네
봄 향에 취하여 신이 났네
둥둥오리 한 쌍 자라바위에 앉아
봄볕 쬐며 정담을 나누고
냇물도 흥이 나서 노래 부른다

애네는 이리도 즐거운데
오미크론에 발목 잡힌 우린
언제 봄 마중에 놀아보려나

책갈피에 있는 꿈을 꺼내 보자

마음에 꽁꽁 묶어둔

파란 꿈을 꺼내 보자

첫눈 오는 날

하얀 눈이 쌓인다
흰 꽃가루 쌓인다
그리움이 쌓인다

쌓이는 눈송이마다
내 맘에 눈물이 쌓인다
신이야 몽이야 보고 싶다
이 그리움 어디에 담아 두랴

눈꽃 속에 묻어 둘까
어이해 그리 바빠
언니 누나 홀로 두고
그 먼 길 떠나갔니

지금도 눈은 펄펄 날린다
못 나눈 그 많은 이야기
그리움과 함께
눈꽃 속에 묻어둔다

어느 겨울 학의천

햇살이 눈 부신 학의천
흰빛이 유난히 눈부시다
저리 많이 모인 백로들
오늘 제네 잔칫날인가 보다

저리 많이 모여 무슨 말 하는지
방언을 알 수 없구나
너무 신기해 가던 길 멈추네
싸늘한 겨울바람도 잠재우네

학의천 물가 하얀 물이 드네
청둥오리 둥둥오리
저희도 백로와 동급이라며
하얀 물가에
고개를 갸우뚱 과시하네

참새네 까치네도 부러운가 보다
눈을 반쯤 뜨고 쳐다보네
아마 눈이 부신가 보다

학의천 물가 고이 씻은 백로들
마치 한 폭의 그림 같네

학의천 가족들

오늘도 우린 학의천으로
산책에 나선다
코로나로 닫힌 마음 던져본다

냇가에 청둥오리 둥둥오리
발레 연습 하나 보다
세 마리 다섯 마리 줄을 이어
동동걸음 모여드네

옆 냇가 잉어네 가족 점프연습 정신없네
풍덩 풍덩 소리에
우린 깜짝 놀라 바라보니
아빠 잉어 이겨 보겠다고
점프에 목숨 거네

옆 동네 까치네 목이 마른 가 보다
하얀 눈밭 종일 쪼고 있네
우리 삶은 묶여 있어도
얘네는 살만한 세상이네

고운 낙엽 갈바람아

알록달록 고운 낙엽아
그리도 무수히 떨어져 쌓이네
어찌하면 좋으랴
빨강이 노랑이 고운 잎새
흐느끼며 떨어지네
갈바람도 숨어 운다
아마 미안해서 우나 보다
나도 따라 운다

엄마가 아부지가 그립다
오빠야 동생아 보고 싶다

갈바람아 내 그리움
네 등에 업고 내 고향 같이 가자
고운 낙엽아 너도 같이
바람 등에 업히여 함께 가자
내 고향 언덕으로 날아가자

안개 속에 피어나리

뽀얀 안개에 쌓인 삶
뽀얀 베일에 숨어 있네
그 옆에 있는 꿈을 못 보고
종일 찾아 헤매네

멀리서 들리는 소리
여기 있는데 저기 있는데
다시 맴돌아 멈추네

책갈피에 있는 꿈을 꺼내 보자
마음에 꽁꽁 묶어둔
파란 꿈을 꺼내 보자

하얀 도화지에 다시
멋지게 그려보자
큰 희망의 나래 깃에
마음껏 담아보자

안개가 모락모락 피어나듯
나의 예쁜 꿈도 피어나리라

봄 마중

봄꽃 축제 날인가 보네
바람 향에 스치는 꽃향기
온 마을에 뿌려주네
웃음꽃 함박꽃 방글방글

담 넘어 들 가엔 개나리꽃
노랑 저고리 초록 치마 입고
수줍은 새아씨 되어
행인을 유혹하네

앵두꽃 매혹의 꽃 꼬리
연분홍 꽃잎 바람에 날고

벚꽃 여기요 저기요 소곤소곤
여왕 꽃은 저희라고
벙실벙실 피어오르네
와! 봄의 꽃마을 잔치
벌 나비들 진종일 꽃 잔치에
매달려 미로의 길 헤매네

모락산 국기봉 오르다

꽃향기 가득한 모락산
우린 큰맘 다짐하며 산행에 나선다
오르는 자락마다 사이사이
생강나무꽃 개나리 진달래
우릴 반기네

굽이굽이 산사가
진분홍 진노랑 진초록 물들여지고
푸르레 붉그레 노르레
산새도 무르익는 봄 맞아
저물도록 재잘대네

그 옛날 전우들 나라 위하여
몸 바친 모락산 아픈 사연 담긴 그 얼
야생들은 알고 있겠지

슬픈 비밀 간직한 모락산아
그래도 아름답게 피어있네

고희 넘긴 우린 자화자찬하며

주님 주신 건강 지키며
희열에 도취해
모락산 국기봉에 오르다

봄이 오면

봄바람 살랑살랑
꽃 소식 전하네요
흐드러진 봄꽃들
서로가 인사하며
방글방글 피어오르네요

꽃동산 개나리 진달래
봄 새아씨처럼 가녀린
웃음 띄우네요

봄꽃들 약속이나 한 듯
줄줄이 피어나네요
매실나무 꽃가지에 까치가
온종일 깍깍 깍깍 노래하네요
아마도 반가운 손님을
기다리나 봐요

그 봄날 오후

봄바람도 살랑살랑
꽃 향에 취해
우리 옷깃 스며드네
봄 향기에 우리도 취해
무작정 걷는다

환희에 찬 맘들 꽃구름에
몸을 담고 싶구나
동심에 미소가 피어난다
벚꽃 매화꽃 야생화들이
눈부시게 피어오른다

솔바람 불어오는 꽃 향에
마음들 둥둥 떠오르네
흰 구름도 봄꽃 향에 취했나
뭉게뭉게 피어나네
봄날 저 하늘 구름 동산에
두둥실 두둥실 오르려무나

봄바람아 불지마라

봄바람아 불지마라
아름다운 봄꽃들
서러움에 운다 찬 바람에 운다
분홍눈물 하얀 눈물
하염없이 뚝뚝 흘리며 운다

일곱 빛 무지개 고운 꽃송이
울고 있는 꽃잎이
떨어지는 꽃잎이 애처롭다
아름다운 자태 황홀한 향기
어이하면 좋으리

저 꽃 예쁨이 너무 아깝구나
바람아 봄바람아 잠자거라
자장가 불러 줄게 잠자거라

이 봄날 아름다운 저 꽃들
기쁨에 웃음꽃 환하게
피어오를 때 우리 함께
마음 놓아 웃어보자
착한 바람아

눈꽃 속에 들리는 음성

펑펑 날리는 하얀 눈아
널 보니 왠지 울고 싶구나
바람같이 흘러간 내 삶이
너무도 서럽구나

쌓이는 눈 속에
그리움을 찾아 헤매는구나
내 꿈이 서럽다
뜬구름에 살아온 이 삶

방황의 그 먼길 눈꽃 속에
가만히 묻어두겠노라
날리는 눈 꽃송이에
은은히 들리는 주님의 음성

선이야 힘내라 기도해라
천국의 소망이 있잖아
천국의 기쁨이 있잖아

뻐꾸기 눈물

아름다운 초여름 실록이 우거진
고심사 둘레길
산새도 나무도 초록 노랑
옷 갈아입고 나들이에 마음 떠 있네

둘레길 앞산 뒷산에
심금 울리는 뻐꾸기
뻐꾹 뻐꾹 우리 맘에
그리움을 안기네

자기 꾀에 넘어간 뻐꾸기
편히 살겠노라
남의 둥지에 알 낳아 놓고
가출한 뻐꾸기 가엽다

단풍나무 둥지 알 품고 있는
종달이에게 애원한다
내 알 주세유 뻐꾹
내 아가 주세유 뻐꾹
애원하건만

저 높은 미루나무에
얄미운 노고 지리 노골노골
종일 뻐꾸기 약 올리네
뻐꾹 뻐꾹 때늦은 후회
눈물 흘리며 흐느낀다

미운 세월아!

한 많은 세월아 얄미운 세월아
무엇이 그리 바빠 저만큼 멀어져 가니
내 푸른 꿈 내 하얀 소망
모두 안고서 그리 떠나가니

울 아빠 울 엄마 서러운 삶
네게 그리 하소연하고
내 사랑 내 형제
네 옷자락 매달리어 애원했건만
미운 세월아

산천도 흐느낀다
산새도 울먹인다
너 떠나는 고갯마루에
내 고운 님 멀어진 세월아 서럽다

저 불꽃처럼 타오르는 장미꽃 동산에
나랑 함께 꽃 마중 가자꾸나
가다가 힘들면
내 님 등 뒤에 숨었다가
가자꾸나 미운 세월아

우정의 꽃다발

예쁜 친구야
새해가 오기 전 만나보자
귀여운 아이야
햇님 지기 전 만나보자
너랑 나랑 우정의 꽃다발
도둑이 가져갈까 봐
간밤 잠 못 이루네

복술 강아지야 저 도둑 쫓아다오
멍멍 강아지야 저 도둑 붙잡아다오
내 고운 친구야
내 귀여운 아이야
아름다운 우정의 꽃다발
무지개 꽃 열매 끈에
꽁꽁 묶어 둬야지

사랑스러운 친구야
복스런 아이야
그대 향한 일편단심
고이 간직하면서

대공원 호숫가

봄빛 향 은은히 움트는
대공원 호숫가
산새도 재잘재잘
들새도 짹짹 짹짹

새소리 움트는 소리 찾아
호숫가로 나가본다
무거운 삶의 보따리 홀홀
호수에 던져 버리고

동심에 젖어 봄빛 향에 젖어
사색에 잠겨본다
나뭇가지마다 파란 물이 들고
잉태된 새싹꽃씨 줄기에 품고
봄 오는 동산에 입 맞네

우린 우정을 나누며
봄빛 향 흐르는 호숫가에
마음을 담아본다

사월이 가며

늦어가는 봄바람 살랑살랑
우리 옷깃 스치네
연초록 잎들은 학의천가 물들이네
오늘 우린 약속의 쉼터
학의천가에 모였다
냇물도 재잘재잘 우리를 반긴다

연초록빛 향기 맞으며
연초록 봄 내음 마시며
우린 하하 호호 즐겁다
옆 뚝 길에 애기똥풀
철없이 칭얼댄다
가는 사월 붙잡아 달라고
그리도 예쁘게 피어나던
애기똥풀 가엽다

학의천가 사월을 보내며
오월 맞을 준비에 정신이 없네
우린 즐거움에 취해 봄 향기에 취해
주님이 주신 건강 한 아름 품에 안고
내일을 약속하며 학의천을 걸어간다

파란 하늘아

하늘아 넌 어찌 그리 청아하니
하늘아 넌 어찌 그리 아름다우니
하늘아 넌 어찌 그리 날 유혹하니

파란 하늘아 난 네가 좋아
널 보면 기쁨이 샘솟아
널 보면 꿈이 피어나
하늘아 고마워
인류에게 꿈과 희망을 주는
하늘아 착하다

천국 가는 그날까지
난 너만 사랑할거야
높은 하늘아!

눈 꽃송이

밖에는 눈 꽃송이 하염없이 날리네
내 마음 만져주는 눈 꽃송이
내 놀던 옛 동산이 보이네
엄마가 보이네

종일 내리는 눈 꽃송이
넌 무슨 사연 있기에

내 맘에 그리움만 안기니
친정 앞마당에도
친정 뒤뜰에도
친정 장독대에도
넌 소복소복 쌓여있겠지

흐르는 세월에 내 그리움만
쌓여가는구나
네 꽃송이에 내 맘 담아서
내 놀던 친정집에
소식이나 전해 주렴

오월의 장미

오월의 태양이 붉게 타오르네
달안초교 담장에 붉은 장미가
펄펄 피어나네

오가는 행인의 사랑 흠뻑 받으며
방글방글 웃네
여기요 저기요 뽐내며
환희에 박수 혼자 받으며

고개 아프도록 널 바라본다
이 담장 저 담장 피어난
오월의 장미야

붉게 피어나는 네게 홀리어
오늘도 난 미로의 갈림길에
꽃 향을 마시며 종일 헤맨다

함박눈

함박눈이 소리 없이 내립니다
눈 꽃탑이 쌓여만 갑니다
온 마을 눈꽃축제로
웃음꽃이 피어납니다

나의 그리움도
쌓여만 갑니다
떠난 님 찾아
그리움에 날개가 날아갑니다

하얀 눈밭에 님을 그려봅니다
사슴처럼 선한 모습
그려봅니다 그립습니다

님이시여
이제는 보내 드립니다
아무도 모르게
그대의 그리움을
이 하얀 눈밭에
묻어두겠습니다

잠 못 이룬 밤

지난밤 잠 못 이루고
하얗게 지새우네
저 동산 소쩍새
왜 그리 울어대니

무슨 사연 있기에 그리 우는지
물어보고 싶구나
멀리 떠나보낸 친구
보고파서 잠 못 이루고

쌓인 그리움 어이하리
환하게 동이 트는 아침
새들의 지저귀는 아침 인사
정겹기도 해라

삶이란 공유하는가 보다
반비례 된 삶을
하나둘 담아본다

그리운 친구야

국화 향이 가득한 가을이면
멀리 떠난 친구 그리워지네
국화꽃을 그리도 좋아했던 친구야
어떻게 지내는지
그립다 보고 싶다

저기 저 나뭇가지에 앉은
까치에게 물어볼까?
저 들녘 모이 줍고 있는
비둘기에게 물어볼까?
이 그리움 전해 달라 말할까

국화꽃 지기 전에
꽃향기에 말할까
멀리 떠난 친구에게
소식이나 전해 주렴
그리운 나의 친구에게

대야미 호숫가

오늘은 어버이날 우리의 날
대야미 호숫가 나들이 간 날
둘레길 가는 곳 사이에
어느새 아카시아꽃이
환하게 우릴 반기네

와! 함성이 절로 나네
꽃 향이 호수에 스며드네
계절 따라 피어나는 꽃들
고맙고 아름다워라

애기똥풀 호수 옆에
아예 자리 깔고
재롱 잔치 열었네

오월의 푸른 청산아
드높은 하늘 구름아
우리가 너희를 반기냐
너희가 우릴 반기냐
누구한테 물어볼까?

호수야 넌 알지 우리 맘
미운 마음 호수에 묻어두고
자연에 마음 담아 두고
뜬구름 위로 우릴 실어본다

희망찬 가을

붉은 태양이 떠오르네
가을빛이 붉으레 노르레 익어가네
희망찬 대지의 꿈
살포시 우리에게 안기네

이 가을 새록새록 익는
오곡백과 주렁주렁
저마다 자기 색을 뽐내는 열매들

날개깃에 가득 담아서
윗마을 아랫마을
꿈 마차로 날라주네

가을 익는 소리가
우리들 마음에
웃음꽃을 뿌려주네

권혁선 시집
눈꽃 속에 님의 음성

초판 인쇄 2022년 4월 1일
초판 발행 2022년 4월 11일

지 은 이 | 권혁선
펴 낸 이 | 노용제
펴 낸 곳 | 문학秀출판
편집기획 | 문학秀기획실
출판등록 | 제2021-000050호(2021. 4. 15)
주   소 | 04558 서울시 중구 창경궁로1길 29 (3F)
전   화 | 02)2272-8807
팩   스 | 02)2277-1350
이 메 일 | rossjw@hanmail.net
홈페이지 | www.je-books.com

ISBN 979-11- 978432-0-4 (03810)
값 11,000원